すべての木は
花を
咲かせたい

KIKO Kusabana
き子 草花

文芸社

すべての木は花を咲かせたい

いつの頃か？

それを何故か思い出せない。

奇妙な夢を、アメジストのように輝く孤島の夢を、私は見た。

夢は、美しく、奇妙で、何故か懐かしく感じさせてくれた。

鬼火のように妖しく、美しく輝く波の粒が、無数に点在する海の上に浮かぶ小さな島へ、たった一人で小舟に乗って向かって行く。

その島は、満月の光加減か、あたかも島みずからが変色しているかのように、真紅に見えたり、コバルトブルーに見えたり、アザミのような、美しい紫色に見えたりする。

島の変色は、美しくもあり、妖しくもあった。どれほど洗練された赤ワインでも、これほど深い真紅はない。どれほど澄んだ海の色でも、これほど優しい青色はない。

これほど強い高揚感を抱かせてくれる紫色はない。そう感じさせてくれるほど、魔力的な光を放っていた。

輝きは、恐ろしさを秘めた酔い心地を魅せている。

けれども、その輝きは何故か懐かしく感じさせてくれた。


そこは、この世界から遠く離れたところでもあるかのように静かだった。ただ、満月の光によって、海の上に無数に照らし出された鬼火の粒が耳を打つ。

鬼火は、波の力を借りて強く飛び散るものもあれば、死者の魂が眠っているのだろうか？　波に逆らわないでいるものもある。

不思議な光景が広がっていた。頭上に輝く満月は、オレンジ色と黄色の中間色といった色合いをしている。光は、楽しく踊っていた。

私は小舟に乗っていた。一艘の小舟に乗っていた。何もしなくても良かった。何も考えずにいた。そして、動かずにじっと座っていた。波に揺れる小舟に身を委ねて、ただ感じるままでいた。感覚だけが、静かな感覚だけが私の中で動いていた。

ひとりでに、小舟は沖のほうへと向かって行く。

ひとり妖しく、不気味に輝く満月がこの世界を支配しているかのようだ。

海の匂い、冷ややかな闇……。

アメジストのように輝く孤島へ、小舟はゆっくり近づいて行く。ギリシャ神話の酒神ディオニュソスの飲み物かと思わせるほど、光の粒が私を陶酔させる。そして、孤島の輝きは、心の奥底を沈静化させながらも軽躁状態へと誘い神秘的であり、その輝きを、私は瞬きひとつせずに眺めていた。全ての時間を止めてしまって！

孤島の輝きは、辺りの海を染めている。この誰も寄せつけない美しい世界は、満月と私だけのもののように思えた。

小舟が島に着くと、私は輝きの中に飛び降りた。アメジストのような、美しい輝きを蹴りながら、私は島へ上がった。

島へ上がると、輝きはすうっと薄れて消えて、アザミの花が一面に、私の周りに咲いていた。鋭い棘をつけ、紫色の花を咲かせたアザミがどこまでも咲いていた。

島の真ん中へ向かって歩いて行くと、身体が浮遊しているような感覚に襲われた。

料金受取人払郵便

新宿局承認

2524

差出有効期間
2025年3月
31日まで
（切手不要）

郵便はがき

160-8791

141

東京都新宿区新宿1－10－1

(株)文芸社

愛読者カード係 行

ふりがな お名前			明治　大正 昭和　平成	年生　歳	
ふりがな ご住所	□□□-□□□□			性別 男・女	
お電話番号	（書籍ご注文の際に必要です）	ご職業			
E-mail					
ご購読雑誌（複数可）			ご購読新聞	新聞	

最近読んでおもしろかった本や今後、とりあげてほしいテーマをお教えください。

ご自分の研究成果や経験、お考え等を出版してみたいというお気持ちはありますか。

ある　　ない　　内容・テーマ（　　　　　　　　　　）

現在完成した作品をお持ちですか。

ある　　ない　　ジャンル・原稿量（　　　　　　　　　　）

書 名			
お買上 書 店	都道 府県 市区 郡	書店名	書店
		ご購入日	年 月 日

本書をどこでお知りになりましたか?

1.書店店頭　2.知人にすすめられて　3.インターネット(サイト名　　　)

4.DMハガキ　5.広告、記事を見て(新聞、雑誌名　　　)

上の質問に関連して、ご購入の決め手となったのは?

1.タイトル　2.著者　3.内容　4.カバーデザイン　5.帯

その他ご自由にお書きください。

(　　　)

本書についてのご意見、ご感想をお聞かせください。

①内容について

②カバー、タイトル、帯について

弊社Webサイトからもご意見、ご感想をお寄せいただけます。

ご協力ありがとうございました。

※お寄せいただいたご意見、ご感想は新聞広告等で匿名にて使わせていただくことがあります。

※お客様の個人情報は、小社からの連絡のみに使用します。社外に提供することは一切ありません。

■書籍のご注文は、お近くの書店または、ブックサービス(0120-29-9625)、セブンネットショッピング(http://7net.omni7.jp/)にお申し込み下さい。

どれくらい歩いたろうか？　私の前に一本の巨大な老樹が立っていた。太い幹、太い枝は、苔に覆われていた。何という樹なのか分からなかった。

老樹は、辺りのアザミを見守るように立っていた。私はアザミに囲まれて、独り立っていた。

辺りに、誰かがいる気配がした。が、私の目には、アザミと異様な迫力のある老樹以外、何も映ってはいなかった。ただ声だけが聞こえてきた。頭の中がぼんやりとして、その声がどこから聞こえてくるのか分からなくなる感覚に襲われた。が、頭がはっきりしてくると、察しがついてきた。アザミが唄っていたのだ。

アザミは、何かの呪文を唱えるかのように唄っていた。

「自分の居場所を見つけなさい。

心の素直な人よ！

迷子になった人よ。それでも自分の居場所を探しなさい。

動きなさい。迷っても、迷っても、種を蒔くことをやめないで下さい。

続けていれば、花は毎年咲き続ける。

桜の樹が美しい花を咲かせる。そんなことは誰でもが知っていること。けれども、紅葉が花を咲かせることを知っている人がどれほどいるでしょう？

美しく目立つ花を咲かせる樹もあれば、ひっそりと控えめに咲かせる樹もある。

花を咲かせたくない樹などはない。

すべての木は花を咲かせたい。命を表現したいのです」


いつの間にか、老樹の下で私は眠っていた。

目を覚ますと、頭上から、老樹は私を見下ろしているように思えた。

老樹は、ゴー！　というものすごい音を立てて息づいていた。私の前で、大いなる力を湛えていた。大いなる命の力が私に伝わってきた。老樹はすべての命を吸い込むかのように強い音を立てて、私の頭上に聳え立っていた。

私の頭上の遥か上から、老樹は語りかけてきた。

「お前はいくつになるのだ？」

老樹は、私に訊ねた。

「十七歳になります」

そう、私は応えた。

「儂《わし》は何千年もの間生きてきた。いくつになったかは覚えていない」

老樹は、静かに私に言った。

「こんな樹、今まで見たことがない」

老樹が語りかけてくることを信じて、私は呟いた。

「昔はどこにでもあったのだ」


「どうして今はもうないのですか?」

「人間が儂らを伐り倒し尽くしたのだ」

静かに、そう老樹は応えた。

「住む家を造るために、人間は樹を伐り倒していったんだ!」

私は、言葉に力を込めて言った。すると、老樹は語り続けた。

「それもある。しかし、本当のところはそうではない。信仰を欲したからだ。人間は、信仰に救いを求めて、儂らを伐り倒してきたのだ。信仰のための高い塔を造ろうと儂らのような高く聳える樹を伐り倒してきた。信仰のための金堂を造ろうと、儂らのような太い老樹を伐り倒してきた。信仰に縋る道場を造ろうと、儂らよりももっと小さな樹まで伐り倒してきた。しかし、一番矛盾している行為は、新しい神でも創り上げているように、あらゆる樹を伐り倒し続けていることだ。

初めのうちは、儂らもそういう人間の心を喜んだ。儂らのような老樹になると、風になぎ倒されて死んでいくのを待つだけだからだ。人間は、儂らに第二の生を与えてくれた。死んでも人間のために柱となって生きていく道を与えてくれた。しかし、人間は伽藍が出来上がるとすぐに信仰を忘れおる。傲慢になる。そして、儂らを焼き払ったのだ。その後、人間は悔いて、信仰を思い出す。そして、再び儂らを伐り倒して伽藍を建てるのだ。その繰り返しのために、人間の矛盾した信仰のために、儂らは伐り倒され続けてきたのだ。そして、お前が言ったように、住む家を建てるにも人間はあらゆる樹を伐り倒してきた。樹を伐り、家を建てて住む前は、人間は穴ぐらに住んでいた。人間は穴ぐらに住むのをやめて、樹を伐って、家を建てる。これも人間の信仰なのだよ。人間は、儂らを利用して上へ行きたがるのだよ。家に住んだら信仰を持ち続けるかといったらそうではない。信仰を忘れるのだよ。傲慢になるだけだよ。そして、儂らを焼くか、壊すかしてしまう。その繰り返しが大樹をなくしてしまった原因なのだよ。人間のすべての繁栄は、儂らのようなもの言わぬ生き物の犠牲の上にあるのだよ。

最近の人間の中には、儂らの役割の重要性に気づいて、パートナーとして扱うようにはなってきたようにも思える。だが、まだ少数で信用は出来ん。人間は、信仰の持続が困難だからだ。日々の移ろいの中で、次第に信仰心は薄れていき、同じ過ちを繰り返すからだ。ほとんどの人間が言う信仰心などは、本当の信仰などではない、と儂は思っている。儂が思う本当の信仰心とは、恩を思い出して忘れない、ということだ。だが、ほとんどの人間の意識は、未だそこまで上っていない」

ここまで一気に語ると、老樹は、語ることをやめてしまった。あたりを見渡しても、一本の巨大な老樹とアザミと私だけのように思えた。少しの間、沈黙が辺りを支配していた。すると、アザミの微かな唄声が聞こえてきた。

「いつも開いていたい、
心の窓を。歓びで満たしたい。
けれども、いつも悲しみで
心は壊れてしまいそう。

いつも開いていたい、
無邪気な窓を。歓びで満たしたい。
けれど、いつも苦しくて、
心を閉ざしたまま。

私の心は引きこもり。
引きこもりは、これ以上傷付けられたくない心の分厚い門。
けれど、そこから飛び出したい。

見てもらいたいために、花を咲かせる！

ひとときでも、花を咲かせていたい。

あなたにずっと憶えていてもらうために！」


アザミの微かな唄声は聞こえなくなった。誰に向かって唄っていたのだろう？

気がつくと、女性が一人、老樹に凭れて座っていた。

女性は、白いレースを身に纏っていた。黒くて強《こわ》そうな髪は、肩から前と後ろに垂れ、腰まで伸びている。

私は圧倒され、混乱していた。人を遠ざけるような存在感。それは心の闇。底無しの闇。もしそこに堕ちたら誰も這い上がることが出来ないかのように思えた。

勇気を出して、私は彼女の前まで歩いて行った。近づくにつれ、彼女からオーラのような威厳とパワーが伝わってきて、私は威圧された。彼女はこの島の主なのだろうか？　そう感じさせるものが彼女にはあった。

「この島はあなたのものですか？」

私は震える声で、彼女に話し掛けた。

彼女の瞳は、槍で突き刺すかのように鋭く私を見ていた。私は、目の置きどころを彼女に制限されてしまったかのように見つめ返していた。

彼女は、美しかった。私は、彼女の前に立ったまま、この美しい女性を見つめ続けていたくなっていた。彼女に対する恐怖の念は、すでになくなっていた。


老樹は、何故語らなくなったのだろう？　老樹と彼女は、どういう関係なのだろう？

彼女に、そう問いかけてみることが何故か出来なかった。

「お前は退屈から逃れるためにやって来たのだね。私とこうして二人だけでこの島に居る間だけは、お前は退屈から解放される」

彼女は、私にこう言った。

彼女の語る声は、とても高くもあり、低くもあり、からみ合って心地よく、ひと言ひと言が非常に深い眠りの世界へと誘い込む力を持っていた。私は、彼女の放つ眠りの力に抵抗して、アメジストと同じ輝きを放つ彼女の瞳を見つめ返した。

そして、彼女に問うた。

「いつも退屈しないでいたい。たまに、心の深いところから歓びが湧き上がってくることがあるんです。そして、胸がいっぱいになって涙が溢れるのを抑えることが出来なくなることがあるけれども、すぐに退屈が押し寄せてくるんです。常に退屈しないでいたい。どうかこのままここに居たいんです」

私の願いは、なんでも叶えてくれると信じて言った。が、私が語り終えるや、彼女は、裁判官のような畏怖と重苦しい圧力で迫ってきた。

「ここに長く居たら、お前はまた退屈する。けれども、お前にとって退屈は必要です。なくてはならないものです。歓び、苦悩、退屈、どれもすべてが必要です。歓びに退屈が溶け込み、苦悩に退屈が溶け込み、歓びと苦悩の分裂を退屈がバランスを取ってくれているのです。

現実から逃げてはいけません。逃げても無駄です。現実は退屈でつらいから、人は夢の中に逃げ込み、儚い歓びを求める。本能むき出しの現実は恐ろしい。それは、生と死の生々しくもグロテスクなものだから！　だから、怖いから、夢という余所見《よそみ》をしながら、人は生きていく。夢は麻薬のように、現実を誤魔化してくれるけれど、現実は少しも誤魔化すことを許さない、ということを心に刻みつけていなさい」

彼女は、もう何も言わなくなった。何も喋らず、静かに老樹に凭れていた。彼女も、老樹も、アザミも、無言なままで、語ろうとも、唄おうともしなかった。

〝帰れ〟と彼女の瞳は命令しているようだった。たとえ、誰であろうと彼女の意思には逆らうことができないほど、強い力が私に訴えているように感じた。

〝強く生きよ〟と。

女王のような威厳が！

まさしく「アメジスト島の女王」そのものだった。

すっかり夜が明けていた。暗澹とした雰囲気は取り払われ、海は真珠を散りばめたかのように眩しかった。

私はこの聖域から離れた。波を蹴ってもと来た小舟に飛び乗り、そして、日に映えるアメジスト島から、遠ざかって行った。

満ちたりた生命を湛える海の上で、母の胎内で赤ん坊が成長していくように、私は、たった独りで命の海に浮かんでいた。

（1）

現実は、私の空想の世界を拒絶する。当たり前だ。当たり前のことじゃないか！そんなことは分かっていても、心の中は、空想の世界でいっぱいだった。現実は、私の理想とは程遠いものだった。自信がなく、空想という異次元だけが存在する。

空想の世界に、私は甘えていたかったのだ。

私の心は、アメジスト島へ、彼女に会いに行きたかった。けれど、「アメジスト島の女王」の夢は、以来一度も見ることはなかった。

彼女は、亡くなった母を理想化した者かもしれない。

幼かった頃から、私には母がいなかった。私が四歳のとき、母は亡くなり、私は父とも、妹とも、別々に暮らしていた。

子供の頃の記憶は、目に映るもの全てが大きく見え、聞くもの、感じるもの全てが心に刻み込まれてしまう。あらゆるものに惹きつけられ、自由な歓びや驚きを感じることが出来る子供時代。

しかし、家族と別れて育ったことが私の心に影を落とし、この世界を、受け入れることが出来ずにいたのかもしれない。


私が三歳のときだった。妹が産まれる少し前、私は母の故郷に預けられた。身体が弱かった母は、私の出産後、十キロ以上も痩せてしまったらしい。そんなこともあり、医者からはもう子供は産まない方がいいと忠告された。しかし、母の胎内に妹が宿ったことを知ったとき、彼女は堕胎することを拒んだ。

そして、妹の輝子を出産した。そのため、母は寿命を縮めてしまったのかもしれない。妹は父の郷里で育てられ、私は母の郷里に預けられたままだった。

その日、私は一日中「ママのところへ帰りたい、ママと一緒にいたい」と泣いて、伯父や伯母を困らせていたらしい。私は、母がどこか遠いところへ行ってしまって、もう会えない、と思っていた。幼かったので、事情を理解出来ずにいたからだ。

事情がどうであれ、幼い頃に母から引き離されるという体験は、私の心に暗い影を落とした。

母の郷里は、兵庫県の南東部に位置する川辺郡猪名川町にある。兵庫県の丹波篠山市、三田市、宝塚市、川西市と、大阪府の北端に位置する豊能郡能勢町に囲まれている。私は、伯母に連れられて、両親と住んでいた兵庫県尼崎市にある実家から、二時間ほど掛けて母の実家に辿り着いた。三歳の私にとって、この二時間という悲しい道のりは、今の私の感覚の一日にも匹敵した。

猪名川町には、江戸時代の初期に、木喰《もくじき》上人が庵を持ち、多くの木彫りの写実的彫刻作品を残している。一度、十歳以上年上の従姉に連れられて、木喰上人の木彫りの作品が収められている寺の中で、恐ろしい形相をした木彫りの像を見たことがある。大きな口を開け、まるで山姥《やまんば》のようだった。

「このお婆さんは子供を食べてしまうんよ。泣きべそかいている子供から食べてしまうんよ」

従姉は、そう言って私を脅かした。木彫りの老婆の像は、実にそれらしい形相を湛え、私を喰いたげに見つめているように思えた。けれども、老婆は笑って私をからっているような感じもした。

木彫りの老婆の像は、恐怖だけではなく、優しさも感じられる強いインパクトを私に与えた。

虫の死骸、竹の葉や草木の押し潰されたにおい、獣の糞のにおい、鹿の鳴き声、山姥のような表情をした木彫りの像。周りの雰囲気すべてが私に暗いプレッシャーを与えてきた。

母の実家に預けられて一年ほど経った頃、祖父が亡くなった。葬式の日、朝早くから、父と母がやって来た。母は、まだ赤ん坊だった妹の輝子を抱えていた。母と顔を合わせたとき、何故か恥ずかしくなって近づくことが出来なかった。

本当は、母に甘えたくて仕方がなかったにもかかわらず！

母が輝子を抱いているのを見たとき、私は兄になったのだという少し優越した気持ちと、恥ずかしさやらが入り混じって、母によそよそしく、何も気にしていない素振りを見せた。すると父は、私の頭を掌で撫でるようであり、押さえるようでもある仕草で、触れて言った。

「こらぁ、夏樹、お母さんに何か喋らないと駄目じゃないか！」

照れている私に、母へ話し出すきっかけを父は作ってくれた。

「この赤ちゃん、アタチの弟？」

私は、なんとか母と話すことが出来た。

「弟と違うのよ、なっちゃん。妹なのよ」

母は、微笑みながら言った。周りで聞いていた人達の笑い声が何故か意地が悪くて、嫌な感じがしてならなかった。

「まだ赤ちゃんやから、野郎か、お嬢か、分からへんわなぁ」

誰かがそう言って、笑っていた。

それ以後、私は母とは一言も話さなかった。私は喋りたくて、甘えたかったけれども、母は忙しくしていた。

私は無関心を装い、すぐそばで、従姉がついさっきまで読んでいた本を手にして、読んでいるふりをした。

すると、誰かが言った。

「親子やなぁ、よう似ているなぁ！」


明朝、母は輝子を連れて帰って行った。母が帰る直前、私は予感がしてすっと起きて、玄関まで走って行った。私が着いたときには、母と妹はもうそこにはいなかった。わっと泣き出して、私は外に駆け出した。母は、妹を抱いて遠く離れたところを歩いていた。父は、母のところへ走って行こうとする私を抱き留めて、こう言った。

「お母さんは病気なんや。お母さんが元気になるまで我慢せなあかんぞ」

その晩、父は帰って行った。その日の夢の中に母が現れて、私はただ泣いているだけだった。もう母には会えない、と思った。

私は、母の死を予期していた。

それから一か月ほど経った頃、父がやって来て、私に母が亡くなったということを告げた。

伯父、伯母夫婦と父は、私の今後のことについて話し合っていた。

「なっちゃんをうちで預かろうか？　輝ちゃんまだ赤ん坊やし、まだあんた若いんだから再婚して幸せになりなよ」

そう話す伯母の声が聞こえてきた。

「まだ耀子のことを忘れられませんから、再婚は考えられません」そう父は言った。

私は、母の実家で育てられることになった。伯父から、私を養子にしたいと持ち掛けられた父は、私が母の実家で育てられることに承諾した。そして、父は私を残して帰って行った。

妹の輝子は、父と一緒に暮らすことになった。三年後、輝子を連れて父がやって来た。妹は、走ることが出来るまでに成長していた。

「お兄ちゃんだよ、お兄ちゃんに挨拶しなさい」

父に促されて、初めは照れて父の後ろに隠れながら、チョコチョコと顔を出していた。

「おみぃちゃん、おみぃちゃん遊ぼ！」

妹は、もつれた言葉遣いで私のところへ走って来て、袖を掴んで甘えてきた。従姉と妹と私は、父が土産に買ってきてくれた鍵盤が光るオモチャのキーボードで遊んでいた。私は、少し緊張していて、笑うことも出来ずにいたが、今まで得ることが出来なかった楽しさを味わっていた。

その日の夕方、父と妹は帰って行った。父と妹が帰って行く後ろ姿を見て、無性に悲しい思いに囚われた。あの祖父の葬式の朝、母が妹を連れて帰る後ろ姿を見て、今、父が妹を連れて帰る後ろ姿を見て、父と母が私を残して帰る後ろ姿を重ねて見送った。


とても恐ろしくなる夢を私は見たことがある。

母と妹と私の三人で、遊園地へ遊びに行き、私だけが浮かれ、はしゃぎ回っている。

けれど、母と妹は無表情な顔をして私を見ていた。

目の前には迷路がある。浮かれ、はしゃいで夢中になっている私は、二人を誘って迷路に入った。壁は非常に高くて、自分がどこにいるのか分からない。私は、母と妹から離れて一人で遊んでいた。迷路から抜け出した私は、出口で待っていた。けれども、いつまで経っても二人は出て来ない。私は、迷路を戻って二人を捜し回った。けれども、二人はどこにもいなかった。私は泣くことしか出来ず、泣くことで自分の居場所を知らせることしか出来なかった。子供の頃の私にとって、置き去りにされるということは耐え難い恐怖だった。

置き去りにされる、という夢が私に与えた恐怖は、大人を頼ることしか出来ない子供の私を怯えさせた。仏壇の中から母の声がして、私に別れを告げる夢もよく見た。

夢は現実のようだった。現実は夢のようだった。あの頃の私は、心の中でこう叫んでいた。

「お母さんは、私を置き去りにしたんだ！」と。

山の輪郭が朱く染まる黄昏どきは、私からすべてのものを奪い去り何も残してはくれない。山は静まり返って、沈黙を取り戻す。森は静かな秩序を取り戻す。

遊び疲れた子供達は、自分の家へと帰って行く。

私だけを残して！

（2）

私は、友達がいなかったし、作らなかった。自分の世界を大事にしすぎた。自分だけの世界しか理解することが出来ず、自分だけの世界だけを尊び、自らが創り出す空想の世界へと逃避していた。

私が小学生だった頃、先生から「理想の大人の人とはどういう人だと思いますか？」と質問されたことがあった。クラスメイトが「大きい人」とか「偉い人」と答えているのを聞いて、何故そのような答えしか出来ないのだろう、と釈然としない思いがして、私は手を挙げた。

先生が私の名前を呼ぶと、私は答えた。

「退屈そうにしない人」

すると、クラスメイトや先生は怪訝な顔をして、私を見た。

「どうしてそう思うの？」

先生は、私にそう訊ねた。

「退屈だったから！」

そう、私は答えた。

教室の中は、爆笑の渦に変わった。

「変なことばかり言う奴やなぁ」

クラスメイトの一人は、そう言って笑っていた。

けれども私は、「退屈そうにしない大人になることが出来るだろうか？」という将来への不安が広がり、私の気持ちを鬱屈させていた。

子供の頃の私は、退屈というものの正体に気づいてはいなかった。

「お前の親は、本当の親じゃないんやろう」

そう、クラスメイトから言われたことがある。しかし、私は何も言わずにその場から立ち去った。

私は、いつも独りでいた。友達らしい友達がいなかった。だから、そんな酷いことを言われたのだろう。それでも、私は独りでいるのが好きだった。独りで歩き、考え、夢見ることが好きだった。

ただぼんやりと独りでいることを好んだ。自分以外の外部との接触は避け、ただ周囲を眺めていることを私は求めた。人との接触は苦手で、ただぼんやりと山や、樹木や、草花や、鳥や、路傍にある躓きそうなほどの大きな石を眺めていることが、私の心に合っていた。

遠くの山を日が暮れるまで、何時間も眺めていると、私が私であることさえ忘れることが出来た。

私は辺りの山並みを見つめ続けていることが好きだった。

そして、私は女性的な感性を好んだ。

私は人との付き合いが苦手で、独りで行動することを好んだので、クラスメイトからは変な奴だと思われ、揶揄《からか》われた。話し相手も作らず、クラスメイトをいつも避けて独りでいたので、虐めとはいかないまでも、揶揄われる対象になっていた。伯父や伯母も、私を嫌っているのではと思っていた。こんな変な子を預かるんじゃなかったとさえ思われているような気がしていた。

いくら、周りの人達から嫌われても、私は人に溶け込むことが出来なかった。独りでいることは、私にとっては最高の時間を過ごす瞬間だった。それを私は、失いたくはなかった。

私には、時間という観念が子供の頃からなかったように思う。本来、時間というものはないものだと私は思っていて、そんなことは当たり前のことだと。周りの人がそのことを考えずに生活していけることの方が不思議だ、と考えていた。

内向的な性格故に、よく揶揄われた。ほとんど周りの人と喋らなかった私は、クラスメイトとも遊ぶことはなく、本を読んでいたり、樹木や、草花や、山や、鳥などをただ見つめ、感じたりすることを好んだ。日が経つにつれ、揶揄われることから、虐めの対象になっていた。本を読んでいると、取られて投げられたりされた。

虐めというものは、虐められている本人が虐めという仕打ちを受けている理由、それが単に自分の性格の短所から来ているのだと自分自身が気づいていたとしても、それはどうしようもないものだ、と私は思っていた。

虐められている私自身が、その短所を愛しているからだ。本当に虐めから解放されようと思ったら、その性格を愛さなくなることだと思う。けれども、私にはそれが出来ない。

揶揄われても、虐められても、なおさらその性格に固執する。それは、自身が成長することを拒む自己愛なのかもしれない。


何故、私は自分の性格を愛さなくなったのだろうか、それは、自身を守るための防衛手段だったのだろうか？

私自身に変化が起こった。否、正確に言うと私自身、私の意識が変わったわけではない。それまでの私の意識とは違う意識が、私の中に棲みついたのだ。私とは違うこの意識は、自分のことを直樹と呼んでいた。私の身体の中に、私と直樹という二人の意識が棲みつくことになったのだ。

私の身体は、私の意識が支配したり、直樹と名乗る意識が支配したりして、そこには何も決まりみたいなものはなかった。お互いの意識が納得して、入れ替わっていた。私の身体が直樹に支配されているときは、私の意識は、私の身体を後ろから見たり、前から見たり、周りをぐるぐる回ったりして、直樹の行動を観察していた。けれども、辺りに誰もいないときと、お互いが強く問い掛けたときだけは、直樹と会話をすることが出来た。

直樹と名乗る意識は、私とは全く違っていた。私から見て、魅力的なところ、嫌いなところ、今まで考えてもみなかったものの考えや知識を持っていた。そして、ことあるごとに、私を客観的に観ては毒づいてきた。

十七歳になったある春の晴れた日、それは突然やってきた。学校からの帰り道、桜の花が満開に咲いている樹の下に、私は独りで座って、すぐそばにある緑色の縞模様の入った綺麗な石を眺めていた。突然、その石は誰かに蹴り飛ばされた。

「お前、何考えとんのや？」

そう言って、四人の男子生徒が私の周りを囲んだ。

眺めていた石が私の目の前から消えたことに気が動転したのか、身体がブルブル震え出した。

「お前、なんで俺らを無視するんや」

中にいた一人が言った。

「返事も出来んのか」

もう一人が言った。

「ヘタレのくせに、俺らを馬鹿にしとんのか！」

他の一人がそう言って、私を突き飛ばした。突き飛ばされて、私は背後に立っていた木の枝に頭をぶつけた。そのとき、私の意識が身体からすうっと抜け出したのだ。

私の意識は、私の身体を真上から見下ろしていた。私は、何が起こったのか分からず、狼狽《うろた》えた。それ以上に、周りにいた四人は狼狽えていた。私を突き飛ばした一人が私の身体を揺すりながら「大丈夫か？」と何度も叫んでいた。そのときだった。私の身体が起き上がって叫んだ。

「大丈夫か、やないやろ！」

私の身体は、彼を突き飛ばした。私の意識は、私の身体から離れたままで、私の身体と周りにいる四人を見ていたのだ。

「なっ、なんやねんお前！」

別の一人が驚いた顔をして、そう言った。周りの別の三人も呆気にとられていた。

「何をしているんだ」

大きな声で、担任の先生がこちらへ走って来た。

直樹と名乗る意識と私との、これが最初の出会いだった。

「あの四人はなぁ、お前を試しに来たんや。そして、お前を知るために来たんや。お前が何を考えているのか分からへんからや。お前がはっきりと主張をせえへんからや」

私の身体を乗っ取った意識は、私に語りかけてきた。これが直樹の最初の言葉だった。この出来事に、私の心は、驚き、興奮していた。けれども、心のどこかで、このようなことがいつかは起こるのでは！　と以前から予感し、期待していた気もする。だから、この出来事に、私は対応することが出来たのだろう。

「あなたは誰なん？　何が起こったか分からない、説明して！」

そう、私は直樹に言った。

「俺は直樹。お前を大きな人間に変えるために、お前と会話をしていく。それと、お前の身体をたまに使わせてもらいます。よろしく夏樹君」

直樹と名乗る意識は、私の意見などは訊かずに、一方的に話を進めてきた。

それからは、私の身体という乗り物の中に、二人の意識が同時に入ったり、交代して入ったりして、お互いが意見し合った。直樹と名乗る意識のことを私は単に直樹と呼び、直樹は私のことを夏樹と名前で呼んだ。

「なんで変わらなあかんの？　今の自分が好きなんや、自分から変わろうとは思ってへんよ。今の私のどこが悪いのよ！」

「今のお前が悪いなんて思ってへんよ。純粋で正義感の強い子や、と思うとる。けどな、お前は変わらなあかん！　何でお前の身体の中に俺が現れたと思う？　お前が変わるためや。お前は自分の心の中の世界が素晴らしいと思うとるみたいやけど、もっと他の素晴らしい世界を見ようとしてないのと違うか？」

「私の心の中が分かるの？」

突然の意表を突いた彼の答えに驚いて、そう私は叫んだ。

「分かるわけやない。お前の発言に対して、俺は答えただけや。お前が尋ねてきたことに対して、俺は意見を返しただけや」

直樹の言葉には、相手に恐怖を与え、命令する者のような威圧感はなかったが、私の心の中が見透かされている感じがして、ぞっとした。

「突然私の身体を乗っ取ったり、私に意見したりするから何でも分かってるんやないのか、と思ったんや」

「お前の身体を乗っ取ったのは、俺を分からせるためや。あんなことはもうせえへんつもりや。お前のところへ来たのは、お前が自分自身を変えたいと思ったからなんや。

だから、俺はお前のところへやって来た。お前に意見をするのは、お前が質問をしてくるからや。俺は、お前の質問に答えるためにやって来た。それと、お前は俺のことを悪魔か、害を及ぼす幽霊かなんかやと思うとるかもしれへんが、そんなものにするかしないかは、お前しだいや」

彼は、そう応えた。

「いや、そんなふうに思ったんやない。私は幻覚を見ているのか？　そう思ったんや」

私は、あわてて否定した。

「幻覚であろうがなかろうが、そんなことはどうでもいいやないか！　言葉や概念なんていう理屈で俺ら幽霊みたいな理解しにくいものをそこに当て嵌めようとしとったら、どこまで行ってもイタチごっこやで」

「いや、そういう霊的なことを考えとったんと違うや。直樹、あんたの考えは私の頭の中で考えていることやないのか、と思ったからや。あんたの言葉は聞こえるけど、姿はどこにも見えへんやないか！　だから、言葉が聞こえるのも錯覚やないのかって思ったんや。それに、大阪弁で喋る幽霊というのもなぁ」

次第に私は、混乱した頭の中で、彼と会話をすることを楽しみ、彼を慕うようにさえなっていた。

「そらまぁ夏樹、お前の頭を使って喋っているからなぁ。そう俺が言ったら、やっぱり自分で考えているだけや、とお前は考えるやろ。それも間違いやないかもな！　けどな、お前自身が以前にこういう考え方をしたことがあるか？　お前は、お前自身が頭の中で俺を創り出して、俺と話をしていると考えるのはよく分かる。けどな、そんな愚問やで。迷路に入り込んでるのと一緒やで。同じ疑問を永遠に繰り返すだけなんと違うかな？　それを面白いと考えて、俺の言うことを疑いながら、客観的に見ていこう、とするんやったら、俺の思う壺や！　混乱するなよ、俺は物質やないんや、意識なんや。形なんかやないんや。もう一度言わせてもらうけど、俺は夏樹の頭を使ってお前と話をしているだけや。一つの身体に二つの霊が入っている、他人から見たら、お前は意識が分裂している、と見られるわな、けどな、これは病気やないで。病気や思うから身体も病気になってしまうんや。まぁ俺は、大阪弁の幽霊や、幽霊が大阪弁で話してきたら怖くはないやろ」

直樹は、そう言い終わると語りかけてこなくなった。その後、別の二人の声が聞こえてきた。その声は、担任の先生と伯母の声だった。私は、病院のベッドに寝かされていた。

「突然人が変わったように怒り出して、私が喧嘩を止めようとしたら倒れたんですよ。その前に頭を打っているから、そのことが関係あるかもしれませんが」

担任の先生の声だった。

「この子の産みの母親もそうだったですから」

そう、伯母は言っていた。

「失礼ですが、夏樹君の産みのお母さんは亡くなられた有名な方でしたよねえ?」

母について先生は訊いていた。

「感情の起伏が激しい人でしてねえ。精神が病んで亡くなってしまいましたから、夏樹もそういうところが似ているんじゃないかと考えると、怖くなるんですよ」

伯母の返答に、先生は諭すように言った。

「心の病ですか。夏樹君は、今までに問題を起こしたこともありませんし、そう決めつけてしまうことは、彼の将来に関わることですから、注意して見ていきましょう」

私にとって、あまりにも衝撃的過ぎるこの二人の会話は、一生このまま寝ていたい気持ちにさせた。

それから、十日ほど経ったある日、妹の輝子から一通の手紙が送られてきた。


「DEARお兄ちゃん。輝子です。妹の輝子です。憶えていますか?

お兄ちゃんに最初に会ったのは、私がまだ三歳になったばかりだと思います。まだ幼かったけれども、よく憶えているんですよ。お兄ちゃんとお義姉ちゃんとで一緒に遊んだことも憶えています。私が思い出せる記憶の中の一番古い思い出として、胸に焼きついています。楽しかった思い出として、夢のように思い出せます。

私が五歳のとき、お父さんは義母と結婚しました。優しくて、明るい人です。私は、お兄ちゃんと私の母のことは憶えていないのです。

お父さんは、お兄ちゃんを養子に出してしまったことをとても後悔しているようです。お兄ちゃん、お父さんを恨んではいませんよね。亡くなったお祖母《ばあ》ちゃんも、お兄ちゃんが赤ちゃんだった頃の話ばかりして懐かしがっていましたもの。

　お祖母ちゃん亡くなったんですよ。突然でした。ソファーに腰掛けていたら、自然死のように亡くなりました。お父さんが再婚して、一年も経たないうちに亡くなったんです。私の面倒をみるのは大変だっただろうし、お父さんのことも心配していたから。ほっとしたのかもしれません。

　私達、引越ししたんですよ。昔住んでいた尼崎の家は、辺りが工場ばかりだったから、私はよく咳きこんでいました。

　お父さんも都会では暮らしたくなかったらしくて、自然の美しい屋久島というところに移り住んだんです。屋久島は、とても美しい島です。私が住んでいるところは、島の最南端にあり、海はとても青くて、美しい色々な色の花が咲きます。圧倒するような大樹が生い茂っている原生林があるんです。何千年も生きている杉がたくさん生えているんですよ。その杉を見るために、登山に来る人達がたくさんいるんです。私も月に一回、山の中へ入ります。とても気分が良くなるからです。でも、ここは雨がよく降るんです。それもスコールがよく降るんです。山の中でスコールに遭ったら大変です。

私の住んでいる屋久島のアピールを長々と書いたけれど、お兄ちゃんの住んでいるところも、山があり、草花や樹木がたくさん生えているんですよね？

もう一度、お兄ちゃんのところへ行きたい。そして、お兄ちゃんに逢いたいです。

私には、義姉と妹がいます。義母も再婚なんです。義姉は、とても賢い人です。私より二つ年上で、よく勉強を教えてもらっているんです。小さい頃は、よく本を読んでもらっていました。だから私、読書が大好きになったんです。作文も好きで、鹿児島県のコンクールにも、よく出品するんです。なんか自慢話になっちゃったけど！

それでね、なんか書きたいな、と思っていたら、お兄ちゃんのことを思い出して、このような手紙を突然ですが、書いてしまいました。

お兄ちゃん、突然なのでビックリしたでしょう。この手紙を出そうか、出すまいか、迷っていたんですけど、勇気を出して出すことにしました。


FROM輝子」

十年以上も輝子に逢っていなかったので、突然の彼女からの手紙は、私を驚かせた。

私は、妹や父のことを他人のように思っていた。たとえ、彼女や父と出逢ったとしても話さえ出来ないだろうと！

恥じらいや、恨みという感情がはっきりとしないイメージのまま、輝子と父が一つとなって、私の心の中に残っていて、私を苦しめていたからだ。そして、彼女に対しては、嫉妬までもが私にはあった。

しかし、輝子は違っていた。これは、単に立場の違いからなのだろうか？　いや、彼女は純粋なだけなのだろう。兄妹だから、彼女の心がなんとなく分かる気がした。そんなことを考えているうちに、私の心の中の彼女と、父に対して抱いてきた、暗い、嫌なイメージが溶けて消えていく感じがした。

私の心の中には、父に対する恨みがあった。連れて帰ってもらいたかった。いつか迎えに来てくれるものだとばかり思って、待っていた。そして、私の心の中には別の、暗い嫌な感情がとり憑いていた。あの祖父の葬式の日、母に抱かれた妹は嫉妬の対象だった。その姿を見て、私は羨ましくてならなかった。母に抱かれた記憶のない私は、妹だけが母から愛されていたのだ、と思い込んでいた。その強いマザーコンプレックスが私にとり憑いて、私の心を解放してはくれなかった。

なんのことはない、自分で自分を呪っていただけだ！

輝子の手紙は、そのことに気づかせてくれ、私の心の中の呪いを解いてくれた。輝子は私より三歳年下だから、もう十四歳になっている。幼かった頃の彼女は、短パン姿で、男の子のような子供だったけれど、あの頃のイメージとは、今は随分と違っているだろう。亡くなった母に似てきているのだろうか！

私は、輝子との再会が待ち遠しくなり、その日が早く来て欲しかった。


私は、輝子とすぐにでも話がしたくてならなかった。封筒に書かれてある住所の横に、電話番号が書かれてあった。

私は、電話を掛けてみようと決めた。

スマホは伯母から渡されてはいたが、通話料金がかさむので使うのは気が引けた。家から少し離れた場所に公衆電話があるので、そこまで掛けに行くことにした。

食卓では、従姉がセーターを編んでいた。

「彼氏へのプレゼント？」

そわそわしながら、私はそう彼女に話しかけた。私の気持ちを従姉に気づかれたくはなかったからだ。

「内緒！」

少し間をおいて、恥ずかしそうな表情をする彼女の返事が返ってきた。

「少し歩いてくるよ」

そう言って、私は家を出た。

公衆電話の受話器を手にしたとたん、どきどきして身体が震えだした。もし、父が電話に出てきたらどうしようとか、輝子が対応したら落ち着いて喋れるだろうか？とか、そんな気持ちの昂ぶりが大きくなってきて、緊張していた。私は、電話のボタンを二度押し間違えた。

電話に出たのは、歯切れの良い明るい声の女性だった。

「岩下ですが、どちら様でしょうか？」

受話器の向こう側で、女性はそう応えた。岩下という苗字は私の旧姓で、懐かしさが込み上がってきた。

「木下と申しますが、輝子さんはおられ、いや、いらっしゃいますか？」

私は敬語表現の使い方に混乱しながら、そう話していた。

電話に出た女性は、輝子の義母のようだった。

「木下さん、輝子のお友達？」

緊張した声で話す私を、ボーイフレンドだと勘違いしたのだろう。

「いえ、あ、あの、兄です」

私は、恥ずかしくてすぐにでも電話を切りたかった。

「お兄さん？　木下さんて輝子の！　待って下さいね、今呼びますから。輝ちゃん、お兄さんから電話よ！」

彼女は電話の向こう側で、輝子に呼び掛けた。

「お兄ちゃんから?!」

受話器の向こう側から聞こえるテレビの音声を突き破って、輝子の声が飛んできた。

その夜、寝ていると直樹が現れて、奇妙なことを言った。

「お前、愛に近づいたなあ」

そう、彼は言った。

「愛に近づいた、それはどういう意味なんや？」

私は彼に訊ねた。

「恨みを知った。妬みを知った。恥じらいを知った。純粋な心に近づいた」

そう、彼は応えた。

「何が何か、意味が分からへん。それが私とどういう関係があるのよ？」

意味不明な彼の言葉に、私は説明を求めた。けれども、自分自身でも直樹の言おうとしていることが分かる気がした。

「旅が始まったんや。止まっていたものが動きだしたんや」

直樹の応えを聞いて、私の頭の中に小さな光の煌めきが現れた。そして、目が覚めた。

朝の六時だった。少し頭が痛かった。何者か知れない新しい自分が目覚めてきていることを私は感じていた。

母の命日の日、父と輝子がやってきた。二人に会う前から、私は緊張し、動揺を隠すことでいっぱいだった。玄関で父の声がしたときは、思わず逃げ出したい気持ちになった。しかし、輝子に会いたい気持ち、が勝《まさ》っていた。

父の横には輝子がいた。父と一緒に母がやって来たかのような感覚を、私は感じていた。

「あら輝子ちゃん、美人になったわねぇ」

従姉が最初に、そう話し出した。

「亡くなったお母さんによく似てるわぁ、輝子ちゃん」

伯母が話すのを、私は俯いて聞いていた。

「元気だったか?」

父は、私に話し掛けてきた。けれど、私は「うん」と頷いただけで、俯いていた。

私たちは、母の墓参りに出かけた。雲ひとつない初夏の空は、太陽がじりじりと照り続け、私の心の中の重苦しい感情を焼き払ってくれた。

母の墓は、家から数キロ離れた山の中の、五基ほどの小さな墓地の中にある。辺りは、木が鬱蒼と立ち並んでいて、そこは別世界のように涼しかった。

母の葬式の日も、今日と同じくらい雲ひとつない青空の上で、太陽が照り続けていたことが、私の記憶の中に残っていた。

その日の夜、父は仕事の都合で帰った。輝子は、一晩泊まって帰ることにした。従姉は夏風邪を拗らせていたので、妹は私の部屋に泊まり、私達は夜が明けるまで、話し合っていた。

輝子を見ていると、三歳年下の中学生の彼女が私よりも年上であるような、大人の女性の感じを受けた。妹は美しかった。私は、妹であること忘れて、彼女の中の母を見ていた。

輝子の胸元には、紫色の水晶のネックレスが掛かっていた。服で見えなかったが、上着を脱いでTシャツだけになったとき、私の目を惹きつけた。

「そのネックレス、輝子によく似合っているなぁ」

私の口から、この言葉がすっと出た。

「ありがとう。このネックレス、お母さんの形見なの。お祖母ちゃんが亡くなる前、大事にしなさいって私に渡してくれたのよ」

そう、彼女は紫色の水晶のネックレスを手のひらの上に載せて言った。

「その宝石の名前何て言うのん？」

私は輝子に訊いた。

「アメジストっていうのよ。ちょっと年寄り臭い感じがするでしょ。お母さんの形見だから、お守りとして着けているけど、あまり人には見せないようにしているの」

アメジストのネックレスは、確かに年寄り臭い感じを受けた。しかし、輝子には似合っているように思えた。年齢を上回って見せる彼女の容姿、そして母の面影を残している彼女には、アメジストのネックレスが似合っているように、私には思えた。

「似合っているよ。お母さんの形見やし、輝子大人っぽいし」

恥ずかしさやら、白々しさやらが入り乱れた気持ちの中で、すっと私の口から、この言葉が出ていた。

少しの間、輝子と私は黙っていた。妹は、目の置きどころを私から外すかのように、部屋の中を見渡していた。彼女は、本棚に並んでいる本を興味深く眺めていた。

「『日本の樹木』『植物は考える』、この本、私の学校の図書室にあるよ。お兄ちゃん、植物が好きなんだ！　私も好きなんだよ。屋久島はいろいろな樹木や草花がいっぱい生えているから、凄く楽しいんだよ。植物は、いろんなことを教えてくれるから」

楽しそうに、屋久島の植物のことを語る輝子を見ていると、どれだけ大好きなのかが伝わってきた。

「『日本の樹木』は図書館で借りてきたんや。大木を見ているのが好きなんや。屋久杉も見に行きたいって思っているんや」

妹の気持ちに応えるように、そう私は言った。

「でも、屋久島は、屋久杉だけじゃないのよ。樹木だけでも変わった植物がたくさんいるのよ」

〝いる〟という言葉を植物に対して使う彼女の感性に私は驚き、感動した。

「私の家は大工やから、樹木のことを材料の品質として見ているんや。樹木をそんなふうに見るのは、輝子には我慢出来へんかもしれへんけど、人間が樹木を材料として利用することで木は別の生き方をすることが出来るって考えてるんや」

私が言い終わるや、彼女の表情は暗くなった。私は、輝子の気持ちを考えながら、自分の意見を言ったつもりだったが、私の言葉が不十分で、自分の気持ちを十分に伝えられていないようだった。

「お兄ちゃんの考え方、人間の都合だと思う。家を建てるとか、家具を作るとかにいろんな種類の樹木を使うことで、人間は生きていけるんだろうけど、お兄ちゃんの考え方は、自分達の都合を正当化するためのような気がする」

そう、輝子は言った。

私は、彼女に出来るだけ自分の樹に対する思いを伝えなければならない、と思い、もう少し詳しく語った。

「樹木を材料として見る傾向が強いのは、私の家が大工をしているからこういう考え方になったんやと思うけど、森林破壊、環境破壊を叫ぶ人の中には、木を生きるための道具や、手段として生活していない人達が多い、と思うんや。しんどい経験をしていない人が理想を謳うんは胡散臭く感じるんや。森林破壊の問題は、林業で生活している人や、木材を加工して製品にしてきた人には、昔から分かっとったんや。目先の利益を優先して、森の生態系のバランスを壊してきた歴史があったことは事実や。生活に追われて理想が負けてしまうこともあると思う。伯父さんの手伝いで、学校が休みの日は大工の手伝いをやっているから、そういう人の気持ちも分かるようになったんや。それに冬になったら、伐採して樹がなくなった山に苗木を植えに行くから、樹を育てるための循環になっているし、植樹をしたら気分が良くなるんや」

話し終わると、少し照れてきた。輝子が、私の顔を感心した様子で眺めていたからだ。

「お兄ちゃんって、本当に樹木が大好きなんだね」

「いや、この考え方は、伯父さんや、植樹を一緒にした人から教えてもらったんや。私ね、植物が好きやから、森林ボランティアの人からいろいろな植物や、植物の生態系のことを教えてもらってるんや。植物のことを知っているいろんな人から訊いて、自分なりに分かったことは、植物は、人間や、他の動物の気持ちがよく分かる、ということや！　人間も含めてすべての動物が、自分達を利用して生きていくことを嫌がっているわけじゃない。人間が樹木を材料として利用しても怒ることはない。でも、使う人間の気持ちに反応して、喜んだり、嫌がったりするんや。それに、植物の知識や、植物を守ることを考えるのは絶対に必要なことやと思う。だから、植物を材料として使うことに罪悪感を持つべきやなく、生かしていくことと捉えるべきや、と思う」

私が一気に話し終えると、輝子がクスッと笑った。

「ごめんなさい、お兄ちゃんって時々女の子言葉を挟んで話すから可笑しかったのよ」

そう言うと、彼女はまたクスッと笑った。

「それは悪うございました。よく言われるのよ。でも直す気もないからね」

私もクスッと笑った。

「でもさぁ、お兄ちゃんの考え方は、植物を生きるために利用することに罪悪感を持つのは悪いことだと言っている感じがして、なんか受け入れられない。騙されている感じがして、はいその通りですね、とは言えない。罪悪感を持つ気持ちがある方が私は良いような気がする」

輝子の言葉に、私はさらに返した。

「極端に考えん方がいいと思うんや。別に罪悪感なんて持たなくてもええよ、ぐらいの気持ちの方が私は気持ちが楽なだけで、けれども、心の中では罪悪感を持っているし、それは人間が利己的にならないようにするための良心やと思うし、バランス感覚やと思う。人間は、衣食住全てに植物を利用して生きてきたやろ。服を作る繊維として使うやろ。化学繊維で作った服より着心地が良い。食べ物や薬にしたって、化学食品や化学薬品より安心して取ることが出来る。住むところも、木の家は、暖かみがあって気持ちが落ち着くのや。全て木を使ってないコンクリート造りの家は、観葉植物でも置かなかったら居心地が悪いやん、人間ぐらい植物を利用して生きている生物はいないように私は思うのよ。けど、利用しすぎたらいくら多くても、植物も減ってしまう。植物が減ってしまったら、土は乾いて風で飛び去ってなくなってしまう。そうなったら植物も生えることが難しくなって、他の生物も生きにくくなって、減っていくと思う。人間も植物を利用しにくくなっていくんや。そうならないように私達は植林をするんや。植物は優しい生きものやから、罪悪感やなくて感謝の気持ちで利用するべきや、と思うんや」

そのように私は彼女に話した。伯父さんや、森林ボランティアの人達から木材、その材料の元の樹木、そしてそれらを含めた植物に対する考え方や、知識は教えてもらっていたけれども、植物が私に話しかけているかのような感覚で、輝子に話した。

ついさっきまで曇っていた輝子の表情が、明るくなっていた。

「樹木のことを植物のことをそんなに熱く語れるお兄ちゃんて、男らしい感性と女の子みたいな感性が混在していてベリー・ナイスね、喋り方も！」

彼女は微笑んでそう言った。

輝子には、自分のことを男らしく見せたかったけれど、やはり無理があった。妹の前では、男らしく見せようと意識していたが、無理な演技だった。私は妹に恋をしているのだろうか、それとも、妹の中にある母の面影に恋をして、格好いい男に見せたかったのだろうか？　自分の心の中なのに、いろんな感情があり、はっきりと自分の心を理解出来なかった。

輝子に対する恋心は、恥ずかしくて、隠しておきたかった。私は、輝子の目を見ることが出来ず、話題を変えたくなり、自分の気持ちの中にある別の話題に変えた。

「伯父さんの仕事をよく手伝ってくれる大工さんで、のんびりとした雰囲気のウッシーさんというあだ名の人が、亡くなった私達のお母さんのことをよく話してくれるのよ。〝夏樹君のお母さんは凄いシンガーやったんやで！　儂好きやったんや。お母さんの歌、仕事をしている時によく歌ってたんや！〟って話してくれるのよ。でも、私はお母さんのことを憶えてないから、どんな人だったんだろうって思うのよ」

そう、私は彼女に言った。

「私の記憶にも、実の母の記憶はないし、育ててもらってないから、実の母のことは考えたことがないの」

輝子は口元を震わせながら言った。

「伯父さんも、伯母さんも、私の周りの人達は、みんなお母さんのことを話したがらないのよ。でも、ウッシーさんだけはお母さんのことを話してくれるのよ。〝夏樹君のお母さんが歌っていた歌をよく歌うんやで。女の人の歌やから恥ずかしいから、一人で仕事で山に入ったときだけやけどな。しんどい肉体労働や、面白くない単純作業をしているときは、歌いながら作業をした方が時間を忘れることが出来て楽しいんや。けど、仕事しながら歌うやつは、不真面目なやつか、頭の可笑しなやつぐらいしか見られへんから、山の中でしか歌わないようにしているんや〞って。そういうふうにお母さんのことを一人でも思ってくれている人がいることが嬉しいのよ」

私は指で涙を拭いながら、そう輝子に言った。

彼女は、私と一緒にもらい泣きをしてくれた。


次の日の朝は空が曇っていて、今にも雨が降りそうなほど、空気が湿っていた。

その日、輝子と木喰上人が彫った像を見に寺へ行った。彼女は、興味深く木彫りの像に見入っていた。今にも雨が降りそうな気配だからなのだろうか？　私の気持ちは重かった。

大粒の雨が一斉に降りだした。

「屋久島の空と一緒、今ごろ向こうも雨が降っているのかなあ?」

空を見上げながら、彼女は言った。

「〝雨の日〟っていう歌が聴こえてきそうな天気ね。お義姉ちゃんがピアノの弾き語りで聴かせてくれるのよ」

そう輝子は言うと、私の肩にもたれてきた。

「夏休みに入ったら、お兄ちゃん屋久島においでよ。お父さんから、お金を多めにもらったから渡しておくよ。ねっ、そうしよう」

輝子は、私の手を握りしめて言った。

「夏休みは、大工仕事と山仕事を手伝わなあかんのよ。今年は行かれへん、御免なあ。屋久島へ行くときは、自分が稼いだ金で行くことにするよ」

私は輝子の誘いを断ってしまった。輝子と一緒に行きたい、という感情の昂りが湧いてきたけれど、彼女と一緒に屋久島に行ってしまったら兄妹である距離感が壊れてしまい、それはとても危険で切ない気がして、その切なさも美しく思えて、私はその距離感を大切にしていたい、と思ったからだ。

伊丹空港まで輝子を送る途中、輝子の胸にぶら下がっているアメジストのネックレスに、私は惹きつけられていた。ネックレスは、彼女の身体の一部であるかのように、とても優雅に彼女の胸に収まっている。私には、母がアメジストの中に入っていて、彼女を守ってくれているように思えた。

「お兄ちゃん、ネックレスを見てるの？　私の胸を見てるの？」

私を揶揄《からか》うように、彼女は言った。

「ネックレスに決まっているやろ！　輝子は、お母さんの形見のアメジストのネックレスが似合っているなぁ、と思って見ていたんや」

恥ずかしさを隠すように、私は言った。

「このネックレス、お兄ちゃんにあげるよ」

彼女のこの言葉に、私は驚いた。そして、すぐさま言った。

「いらないよ、そんな大事なもの！　私がもらったって仕方がないやろ。そのネックレス、輝子の大事なものやないか」

「私がこのネックレスを持っているより、お兄ちゃんが持っている方がいいような気がするから」

彼女はそう言うと、胸元からアメジストのネックレスをはずして、私に手渡そうとした。

「いらないよ、そんな大事なもの」

もう一度、私は言った。

「このネックレスは、お兄ちゃんに持っていて欲しいの。そうしたら、いつでも一緒にいられる気がするから。このネックレスは一生持っていて欲しいの」

輝子は目を潤ませながら、私の胸にアメジストのネックレスを掛けた。私は震えていた。そして、輝子の頭にそっと手を置いて言った。

「そんなこと言ってると、彼氏もできないよ」

「私は独りが好きだから大丈夫！」

輝子は、そう言って笑った。

私達は、メールアドレスを交換し、並んで飛行機の離着陸を眺めていた。彼女が飛行機に搭乗するときまで、二人の心はひとつになっていた。

自分の部屋の中で、私は母の形見のネックレスを見続けていた。

「夏樹、お前彼女はおらんのか？」

直樹の意識が私に話しかけてきた。

「そんなもの、おらんよ。輝子と話している方が落ち着くし。私は誰かとうまく付き合える人間やない。女っぽいし、それでも、男に生まれたんやから男らしく生きることが美しい、と思える自分もいる。私は、矛盾しているのよ。それに、縛られることが窮屈で気分が重くなるのよ。だから、独りでいた方がいい」

私は直樹に自分の思いを伝えた
「女っぽいお前と、男らしく生きたいと思うお前、相反する気持ちを同時に持っていることは素晴らしいことや。男の強さも、女の優しさも、男の行動力や、冒険心も、女の警戒心や、感受性も、全てを受け入れて成長して生きたいという貪欲な好奇心と器が非常に強くて大きい、と思うべきや。そう考えたら、お前の気持ちも前向きになるやろう。勇気も湧いてくるやろう」

　直樹は私を励ますように言った。

「そう考えたら、勇気が湧いてきて、なんでも出来そうな気持ちになるけど、今の社会は、どちらかを選ぶことを迫ってくるのが現実。何かを得るには、何かを捨てなければならないって言うでしょ？　それも間違ってはいない、と思う。だから、何が正しいかは、私には分からないのよ。混乱しているのよ」

　そう、私は直樹に言った。

「そらぁ、何が正しいか間違っているかは、俺にも分からへんけど、男に生まれたからって、男らしく生きることも、女っぽい生き方をするにしても、どっちが美しいか醜いか、なんて比べられへんで。どちらの生き方が美しいかはその人の理想や、と俺は思うんや。矛盾していることが悪いことやない。分裂しているとか、多重人格やとかいうて非難されても、その言葉を気にしているから心が病んでいくんや。以前は、分裂症なんていう病名があったけど、今は統合失調症て言うてる。百人に一人が統合失調症予備軍なんて言われてるけど、十年、二十年後には、十人に一人くらいになるかもしれへん。そうなってきたら、症状なんていう言葉自体考え直そうと考える人がたくさん出てくる時代になる、と俺は思ってるんや。分裂症やない。分裂者や！　俺は自分のことを分裂者や、と思っていたけど、そんなん他人に言ったらアホにされるから、自分の心の中にしまっていたんや。けれど、そのような否定される考え方が常識として受け入れられる時代がすぐそこまで来ているんや！」

今までは、冷静に話しかけてくれていた直樹が、感情の昂りを爆発させながら、そう言った。

「何をそんなに興奮しているの。それに、どうしてそんな見透かしたことが言えるの。直樹は私を監視しているの？」

そう、私は直樹に訊いた。

「怒った言い方をして悪かった。ただ、これだけは言っておきたかった。俺は、もうお前とは話すことが出来へんようになる。俺は死ぬんや。死んで生まれ変わるんや。そうなれば、俺の意識は消滅する。新しいものに生まれ変わるときは、何も持っていくことが出来へん。だから、言っておきたかったんや。俺の身体は、動くことも、喋ることも出来なくなったんや。とてもバイブスの合う夏樹を俺は、俺の意識は、見つけることが出来た。バイブスの合うお前だからこそ、俺の思いをお前に伝えておきたかったんや。もっと生きたかった。もっと生きたかったんや！」

最後は叫ぶように言うと、直樹は何も語らなくなった。私は直樹の話をあまり真剣に聞いてはいなかったからなのだろうか？　私は、輝子のことや、自分のことでいっぱいで、直樹の話を真剣に聞く気持ちの余裕がなかった。

今日一日の疲れが襲ってきて、私は眠りについた。

（3）

「今日は、京都の寺の改修工事で使う杉の樹を倒すところを亀岡市まで見に行くから、夏樹も一緒に来なさい」

朝食後、伯父さんが私に言った。

亀岡の早朝は、深い霧が懸かって辺りが見えない状態から、伐採作業開始前には昨日とはうって変わって、空には雲ひとつなかった。

寺の改修工事で使う杉の樹は、私の胸元辺りの太さが直径で二メートル以上ある大きな樹だった。杉の樹の南側には墓地があり、西側にクレーン車が停まっていた。伯父さんの説明では、北側が急斜面なので一度に倒すと樹が裂け、傷むのでクレーン車で吊りながら必要とする寸法どおりに、上から伐っていく作業工程だった。

杉の樹は、上部の枝だけを残し、下部の枝は角のように少しだけ残して伐り払われていた。

「この杉の樹はなぁ、二百年以上も前からここで生きてきたんや」

ウッシーさんは、そう私に言った。

「この杉の樹、ウッシーさんが伐るの？」

「そうやで！　こんな大きな命をいただくんやから感謝して仕事をせんとあかんな。急いては事をし損じるんや。スロースローで行くさかい、ゆっくり見物しとってや」

ウッシーさんは、楽しそうにそう言うと、仕事の準備に向かった。

クレーンに吊られた杉の樹の、少しだけ残された枝の角に足を置いて、ウッシーさんはクレーンから離れて、枝を角のように残している上に立っていた。

風が強く吹き出してきて、ウッシーさんは、風が止むのを待ってから、伐りだした。

「夏樹とも、もうお別れや」

どこからか、直樹の声が聞こえてきた。私は、空を見上げて叫んだ。

「直樹、どこにいるの、お別れってどういうこと？」

ウッシーさんは、杉の樹の角のように残された枝の上に立ち、上部から淡々と杉をクレーンで吊り上げながら、伐っていった。今まで立っていた杉の大木が伐り省かれると、辺りは一気に陽の光が差し込み、光によって清められた辺りは、今までとは全く違った空間に様変わりした。

私は、杉の大木が伐り倒されていく成り行きを見ていると、その中に小さな光が現れて、その光は空高く舞い上がり、上空に吸い込まれていくように消えていった。その光を見ていると、私は涙が止まらなくなり、空に向かって泣いていた。

作業は、その日の午後までには終わり、後片付けや、掃除を手伝っていると、ウッシーさんが私に声を掛けてきた。

「夏樹君、儂の仕事を涙を流して見てくれていたんやてなあ」

ウッシーさんは、嬉しそうに笑いながら、そう私に言った。

「泣いてなんかしてへん。目にゴミが入ったんよ」

目を逸らして、私は言った。

「これから、伐った枝葉を山に捨てにいくんやけど、手伝ってくれへんか？」

そう彼が頼んだとき、私は今までに味わったことのない感動のため、即座に「ありがとう」と応えていた。

辺りは杉や檜の森林で、何頭もの鹿が走っていたり、私達の方を止まって監視でもするかのように眺めていた。先ほど伐った杉の枝葉は、ダンプカーに積んで運んで来た。ダンプして枝葉を降ろすと、ウッシーさんから、辺りの樹の根本にばら撒くように指示された。

「この辺りの樹は、ウッシーさんが今日伐った樹と比べたら小さいけど、何年生ぐらいの樹なの？」

そう、私は彼に訊いた。

「ここら辺の杉の樹は、五十五年生ぐらいなんや。今日儂が伐った杉の樹は、年輪を数えたら百六十年は超えとったから、百年以上はあの杉の方が年上なんや」

爪楊枝を使って年輪を数えながら、彼は言った。

「樹の上で伐っている宇志原さんは、かっこ良かったよ。今までウッシーさんなんて言っていたけど、これからきちんと名前で呼ぶようにするよ。だから、伐採の仕事も教えてよ」

感動している気持ちを抑えきれず、そう私は彼に頼んでいた。

「人には、向き不向きというものがあるんや。夏樹君は、伐採の仕事には向いてないよ。だから、伐採の仕事は教えへん」

彼の応えた言葉にショックを受けた私は、言葉が出なかった。

「宇志原さんも私のことを、頭がおかしいと思ってるんや。みんなと同じように」

少しの沈黙の後、そう私は言った。

すると彼は噴き出し笑いをした。

「今まで通り、ウッシーって呼んでくれて構わんぞ。それになぁ、儂の考えを言わせてもらったら、夏樹君の頭がおかしかったら儂はその何倍も頭がおかしいぞ。矛盾していることを言うけど、本当に伐採の仕事をしたいんやったら、自分がしたいと思う気持ちを信じて、他人の批判は気にせずに、自分の力で仕事ができるようになったる、と自惚れることや。儂は教えることは下手やし、怪我されてもかなわんし」

そう、彼は言った。

「ウッシーさんは、人に教えたことはないの？」

そう、私は彼に訊いた。

「一人いたんやが、仕事で事故して寝たきり状態になったんや。けど、昨日亡くなりよった。安全な仕事やないから、人に教えるほどの自信がないんや」

私の顔を見つめながら、ウッシーさんはそう言うと、少しの間を置いて、驚くべきことを言った。

「直樹に似ているなぁ、夏樹君は！　いや、おかしなことを儂は言っているな。昨日亡くなったやつが直樹っていう名前なんや」

彼のその言葉に、私の心は凍りついた。やはり直樹は、私の近くにいたんだ！　そう、確信した。

「直樹って人は、どんな人だったの？」

震えて上手く喋ることが出来なかったが、焦る心を抑えることが出来ず、ウッシーさんに、そう訊ねた。

「そうやなぁ、勇敢なところがあるけど、臆病なやつ。真面目で大人しいけど、無鉄砲なやつ。男らしく、極道のように振る舞おうとするけど、女っぽいやつ。腹が立つことばかりするやつやったけど、もっと生きていて、腹の立つことをして欲しかった」

ウッシーさんは、そう言いながら、空を見つめて泣いていた。


帰り道の車の中で、私は自分の中にある鬱積した気持ちを彼にぶつけてみた。

「ウッシーさんはいろんな知識があって、いろんな経験をしてきて、面白くて、男らしいから、私みたいな、女っぽい者の気持ちなんて分からないと思うわ」

「夏樹君、自分のことを女っぽいというけど、少し矛盾しとるやろ。ついさっき、伐採の仕事を儂に教えて欲しいと頼んできたよなぁ。伐採の仕事は男の仕事やぞ。別に、男の子、女の子やから言うて職業差別する気はないけど、夏樹君は男らしさにも憧れを持っているのと違うか？　女っぽさも、男らしさに憧れる気持ちも一緒に持っている、そうと違うか？　それは、夏樹君の貪欲な好奇心であり、自分の人生を楽しもうとする強さや、と儂は思うよ。ほとんどの人は、女性的な可愛いさや美しさ、男性的な強さや逞しさのどれかを理想として生きていく方が生きやすいから、二者択一して生きていく。男性的な強さか、女性的な美しさを理想としてすがって生きていくことが一番生きやすくて、社会の勝利者やという価値観の人がほとんどなのが今の社会の現実やからや、と儂は思うんや。けどな夏樹君、男性的か女性的かという二者択一の価値観が、人の強さや美しさかどうか、儂は疑問に思うんや。儂もこの歳まで生きてきたが、体力があって喧嘩の強かった知り合いが、病気になって身体の自由が奪われると混乱して、そんな自分の今の境遇のつらさを周りの人のせいにしたり、当たり散らし出すのを見たり、縋っていた体力の強さを失った者の心の脆さを見たりしたら、男性的強さ、女性的美しさという二者択一の価値観は、限界と時間制限がある。それは、精神的な強さではない、と思うようになったんや。だから夏樹君は、両性を追い求める貪欲な求道者のようで強いなぁ、と儂は思ってるんや。それに夏樹君、儂と一緒で僻み根性強いなぁ。儂の性格にしても、子供の頃からそう変わってへんと思うし、僻み根性とコンプレックスの塊なんや。どうしようもない、何かのせいにでもせんと納得させることが出来ない、自分が嫌いになるような心の状態は分かるんや」

そう、ウッシーさんは言った。

「そりゃあ、私は僻み根性が強いけど、ウッシーさんの子供の頃はどんな子供やったんよ？」

「思い出したくないけど、勉強もせえへんかったし、身体も細くて小さかったから小人って言われて、揶揄われて、虐められて、自分の境遇を僻んで、そのくせに弱い者虐めで自分を慰めて、歯軋り、貧乏揺すりばかりして、こんなデキの悪い身体に産んだ親を恨んで、いつもイライラしとった、根性の腐ったやつやった。今の言葉で言うたら、多動症のガキやったんや」

ウッシーさんは、恥ずかしそうにも見える顔をして言った。

「好きな女の子はいなかったん？」

「小学校四年生のときに、同じクラスにいた女の子を好きになって、その子のことで頭の中がいっぱいになってしまったことがあったなぁ」

照れながら、頭をかいて、彼は言った。

「その話教えてよ」

そう、私は言った。

「小学校のときの給食が嫌いで、よく残して先生に怒られたんやけど、特に牛乳が嫌いで、何故か言うたら飲んだら下痢しとったんや。もう一人、牛乳が飲まれへんで、先生に怒られて泣いてた女の子がいて『牛乳飲みなさい』って怒られても、『飲めません』って言って泣いていたら、先生も諦めて飲むことを強制しようとはしなくなって、僕も助かったんや。助けられた恩もあるけど、今まで意識していなかったその女の子の横顔が可愛いと思えたからや。『助かったわ。ありがとう』って言うつもりやったんやけども、恥ずかしくなってその女の子の顔を見たら、額が真っ赤になっていたから『泣いて額が赤くなってるやん』って、意地悪っぽく言うたんや。そうしたら

『うん、眉間から赤くなるねん』って、照れ笑いで彼女が応えてくれたんや。その顔が今も忘れられへんくらい可愛いかったんや。女性のことを好きになったんは、そのときが初めてやったわ」

恥ずかしそうに、ウッシーさんは言った。

「その女性にアタックせえへんかったん？」

そう、私は訊いた。

「そんなことは出来へんかったわ。身体も儂の方が小さかったし、劣等感やら、僻み根性やらが強かったから、アタックしようと思っても、恥ずかしさでいっぱいになって、スカートめくりやら、嫌われることをしてしまうアホガキやったんや。その子はもう別の世界の女性として神格化しとったんや。儂の中ではアイドルやったから、話をすることも出来へんようになったんや。なあ、かっこ悪いやろ」

「なんか、どっちが僻み根性が強いか勝負しているみたいで馬鹿みたいやんか」

はにかみ笑いをしながら、私は言った。

「そうや、夏樹君！　僻み根性は自分で笑い飛ばすことが一番なんや。他人に笑われたら腹が立つけど、自分で笑い飛ばして僻み根性も可愛く見えたら、僻み根性も長所になると儂は思えるんや」

真面目な顔つきで彼は言った。

「笑うっていう表情に対して、私は苦手意識を持っていて、僻んだ表情を含んだ笑いみたいな顔になりそうで嫌なのよ」

そう、私は言った。

「他人を笑う行為と自分の愚かな性格を省みて笑うのとでは、人間の器は正反対なくらい違うよ。他人を笑う行為をすると、天罰のように同じ報いを受けるんやで。他人を笑う行為には成長がないどころか、笑われた者の運命と同じ運命を辿ることになる、と儂はやっと気づいたんや。人を呪わば穴二つっていう諺があるけど、人を笑っても同じ運命が自分に降りかかるんや、夏樹君。自分のいじけた根性と向き合い、その心の状態を観察することに興味が持てたら、自分のいじけた根性を笑い飛ばすことが出来るようになるんや。いじけた根性という心の中の黒いエネルギーは、夢を掲げて生きようと思う心を殺そうとするドリームキラーとして嫌な役割をしているけど、実は現実が見えすぎて、自分を守るためのバランス感覚が壁を作っている心の状態なんやなかろうか？　とも思うんや。矛盾しているけれども、どちらの心の状態も必要なんやないのやろうか、と思えるんや。車を例に挙げて考えてみたら、車を運転するには、エンジンとアクセルだけでは事故ってしまうから、ブレーキも必要という理屈と同じことや。自分のいじけた根性も否定するばっかりより、よく会話をしていたら、納得することも見えてくるよ。そう思えたら、儂は今までの自分が笑えてきて、今まで壁を作って生きてきた自分が笑えてきて、すべての差別や壁を作って、壁に縛られて生きている自分の考え方や癖をバカらしく思うようになって、何でもまずは飛び込んで、愛してみることにしたんや。すべてを愛して生きようと思う心。儂の座右の銘は、〝愛地球心〟や！」

そう、ウッシーさんは笑いながら言った。

「うん、なんか分かる気がする。直樹もそういうことを言いたかったんだ！」

私は興奮して叫んだ。するとウッシーさんは訊いてきた。

「直樹って⁉」

私は、直樹と名乗る意識が私の身体に乗り移ったことや、お互いが意見や思いを話し合ったことなど、そして、そのような他人とは違う感覚を持っていることは、克服することが難しい精神障害なのではないのか、という不安があることをウッシーさんに話した。

「そんなことがあるんや⁉ 直樹とは、夏樹君は会ったことがないのになぁ。儂もその話を聴いて今は混乱しとるし、上手いことアドバイスすることが出来へんかもしれんけど、そのことで精神障害やなんて考えて自分を鬱にするのはあかんで！ 精神障害やと思ってしまうと、障害という言葉で自分を殺してしまって、自分の持っている可能性を殺してしまうことになる、と儂は思うんや。そのような鬱な気持ちは笑い飛ばしてしまことが、直樹の気持ちにも応えてあげて、夏樹君も前へ進んでいけるんと違うか？」

ウッシーさんは、今まで見せたことがないほど清々しく微笑んで言った。

「そうやねんなぁ！ 悩んでも答えが出ないんやったら、悩んでること自体を笑い飛ばすことが一番良いことなんや。でもそれを私が出来るかどうか？　今の自分をあっさりと捨てる気もないけど、少しずつそういうふうに気持ちを切り替えられるように頑張るわ。それで、ウッシーさんの初恋の話をもっと聞かせてよ」

そう、私は話を切り替えて言った。

「その話に戻すか！」

目を剥きながら、彼はそう言うと、私の家の前で車を停めて、「また助けてや」と一言言って私を降ろし、走り去った。

日の入りの少し前だった。夕焼け空には、虹が架かっていて、その光景は美しく、神秘的で、とても優しくあたたかい世界の中にいるようで、直樹の念《おも》いも、ウッシーさんの涙も何もかもを呑み込んでくれているように思えた。すると、私の悩みは小さなことで、これからは私の夢に向かってチャレンジしていく勇気を与えてくれた。

その日の晩は、私は非常に興奮気味になっていて、ウッシーさんと話したことや、直樹のことを輝子に伝えたくなり、メールを送った。二時間ほどして、彼女から返事が返ってきた。

「DEARお兄ちゃん、興奮しているね。凄く伝わってきます。私もウッシーさんていう人に会って話がしたいわ。私も男性か、女性かを決められることにも、決めることにも拒否反応があるの。男のように勇敢で強く生きたいと思っている自分と、可愛い女の子と見られたい自分が私の中にはあるわ。矛盾しているけれど、どちらも求めている。ウッシーさんが言うように、私も、お兄ちゃんと一緒で、人生を楽しもうと思う好奇心が強いのよ。〝両性を追い求める求道者〟っていう表現、私は好きよ。私にとって、とても元気をもらえる言葉です。二者択一で生きる方が生きやすい、と私も思う。生きやすいけど、偏った感じ方しか出来ない人間になってしまうことに対する拒否感が私にもあるの。矛盾した生き方だと批判されても、お兄ちゃんの中の、直樹っていう幽霊さんみたいに、私は分裂者なんだって言える方が私もスッキリするわ。

私とお兄ちゃんは、似た者同士なのよ。

今日は、山にいろんな広葉樹や、杉の混合材の植林をするための地ごしらえのボランティアをしていたんだよ。秋に植林をするんです。植林は、今までに何回もしてきたんだけど、自分が植えた苗木が大きくなっているのを見るのが大好きで、気持ちがとても明るくなり、嫌なことを忘れることが出来て元気をもらえるんです。それに、すごくお腹が空くんです。お腹が空いているときのお昼の弁当は、最高に美味しいよね。身体を動かしてお腹が空くことが極上の調味料になり、私達人間も自然の一部分なんだって気づかされます。

環境の問題とか、コロナ禍とか、私達の未来は不安だらけで、希望が持てない気分になるけど、私が植えた苗木が成長していくのを見ていると、未来に希望を持てないのは私だけで、そんなに気にしなくていいんだよ、と樹木や草木に笑われている気がするんです。そんなことを気にするくらいなら、一本でも苗木を植えてよ、と言われているようです。

私が、そして一人でも多くの人達が、この地球を希望のある未来に変えていくためにも、いま自分の出来ることをすぐにでも取り組んでいかないと、希望なんてない未来になりますよ。私もウッシーさんと一緒で〝愛地球心〟ですから。

明日も地ごしらえ頑張ります。

FROM輝子」

輝子の手紙を読みながら、私は興奮していて、部屋の中をウロウロ歩いていた。机の上に置いてあったアメジストのペンダントを見つめていると、私の意識は、アメジストの中へ吸い込まれていった。

私は、海の中を彷徨う一艘の小舟に乗っていた。波に揺れる小舟に身を委ねて、じっと座っていた。

そこには、紫色に輝く島があり、その島には理想の母がいた。

私は、心の中のすべての気持ちを吐き出したくなった。そして、ひとつの短編小説を書いた。その小説の題名を、私は『アメジスト島の女王』と名付けた。

私は、輝子に短編小説をメールで送った。

「この物語の中の女性は、お兄ちゃんの理想の女性？　お兄ちゃんも花を咲かせたいのよね。みんなそうなのよ、スマップも歌っていたように。そのためには、まず種を蒔くこと。そして、すべての樹が花を咲かせられる環境を作ってあげること。それが、私達のするべきこと。すべての樹は花を咲かせたいんだから！」

そう、彼女から返事がきた。

私も、何もしない、何も言わないでは、もういられない。輝子のような少女は希望であり、私もうかうかしてはいられない。私も動き出したくてたまらない衝動に駆られていた。

次の日の夕食のとき、私は伯父に将来の仕事として山仕事をして樹を育てていきたいという思いを話した。

「そうか、樹を育てたいという強い気持ちがあるんやったら、やったらええ。うちの大工仕事も少しは手伝ってや」

伯父はあっさりと同意してくれた。

「聞いたで、山仕事をしたいんやって！　来週の日曜日、何も用事がなかったら儂の仕事、地ごしらえなんやけど手伝ってくれへんか？」

いつの間にやって来たのか、突然、ウッシーさんが話に割り込んできて、そう私に言った。

「宇志原、お前晩飯食って帰れよ」

そう、伯父が言うと「そのつもりです」とウッシーさんは言い、私の横に座った。

その日の夕食の間中、伯父とウッシーさんに私は、輝子と話したことをきっかけに、自身の将来とこれからの環境の問題を真剣に考えている同じ世代の者達に負けないくらい山仕事をしていこう、という思いを抱いていることを話した。

「そうか、それならとことん厳しく教えることが出来るなぁ」

そう、ウッシーさんは言った。

「よろしくお願いします」

小さい声で、私は言った。

「急に元気がなくなったやないか」

ウッシーさんは笑いながら、私の肩をパシッと叩いた。

（4）

空気の澄んだ日曜日の朝、ウッシーさんと私は、植林をするための地ごしらえ作業をするために山に入った。そこには、雑木に交じって紫色の花を咲かせたヤブランがたくさん咲いていた。

「こんな綺麗な花、切ってしまうのは嫌だなぁ」

そう、私は呟いた。

「アホか！　そんなとこ触らへんで。こっちの蛇結山《じゃけつやま》や」

手招きしながら、ウッシーさんは私に叫んだ。

草やソヨゴやら、松などと交ざって、蛇結イバラが点在していた。ウッシーさんは、草刈機を使って作業を上手に推し進めていたが、私は、身体中に絡みついた蛇結イバラに苦戦していた。昼食時までには、私の何倍もの作業量をウッシーさんはしていて、私はひどく悄気《しょげ》ていた。

「なかなか思うようには進まへんやろ。森林ボランティアでやらせてもらう場所のように、やりやすいところとは違うからな」

俯いてご飯を食べている私を見て、ウッシーさんは言った。

「一日で終わりそうな面積やないと思うんやけど、明日から誰か応援にくるの？」

そう、私は彼に訊いた。

「明日から、ずっと独りやで。夏樹君が手伝いに来てくれない限りわな」

「日曜日やったら手伝いに来るけど……、独りで仕事をしていて、ウッシーさんは寂しくならへんの？」

「寂しくなるよ。寂しくなったら歌うんや。草木に儂の歌を聞いてもらうんや。儂は、木を活かしたいという思いがあるから大工をやったり、育林をしているんやから、儂の歌を草木に聞いてもらって楽しんどるんや。そうしたら、草木も歌いよるんや。ほら、ソヨゴがガサゴソ歌い出したやろ」

ウッシーさんの言葉に、耳を澄ませてみると、風に戦ぐソヨゴの響く音は、うるさくはあったが、今まさに戦っている者の歌のように私にも聞こえた。少し間を置いて、ウッシーさんは話し出した。

「前にも言うたけど、若い頃の儂は自分が嫌いやった。若い頃は、ヤクザに憧れたけれど、ヤクザにもようなれへんかった。儂みたいなクズは生きてててもどうしようもない、と思いながら生きていて、死ぬことばかり考えていたんや。けれど、そういう気持ちも、〝今の自分から脱皮して、飛んで行きたい。重さを嫌い、上へ、上へと上り、アホみたいに笑いたい〟という思いがあるからや。こんなんじゃ死なれへん、こんなんじゃ生きてへん。そういう思いもあったし、今でも持ち続けているんや。こんなしょーもない儂でも、男に生まれてきたんやから、死ぬときくらいかっこ良く死んでいきたい！　そんな思いがあるけど、かっこ良くは死んでいけそうもないから、儂とは別の命を活かすことに生涯を捧げることにしたんや。植えた樹木が、育てた樹木が、上へ、上へと高く立派に成長してくれることが他に何にも出来へん儂の喜びなんや。命は生きてこそなんぼ、活かしてこそなんぼや。儂は、ヤクザにはなられへんかったけど、儂なりの極道になったろ。それが儂の哲学道や、それが儂の美意識なんや、なんてな！」

彼は怖いものなど何もないかのような、底抜けに明るい高笑いをして、私に話し終わると、間をおいて、「蛇結の棘は痛いし、腹立つやろ！　儂の空調服破れてもうたわ。けどな、これはこの仕事を選んだ者の試練や。さあ仕事をしようか！　夏樹君はぼちぼちやってや」

そう彼は言うと、ソヨゴの風に戦ぐ音に混ざって仕事を始め出した。

それから、六日後の土曜日の夕方、家に帰ると伯母からウッシーさんが作業中に倒れたことを告げられた。夜遅く、伯父が帰って来て、ウッシーさんが亡くなったと私に告げた。

私が彼の手伝いに行った、地ごしらえの作業中の事故だったようだ。

寒椿の花が咲き出した十一月の中頃、私はウッシーさんが亡くなった現場へ入ることが出来た。作業現場での死亡事故だったので、警察や労働監督署指導のもと、二か月間も作業をすることが出来なかったのだ。

ウッシーさんは、地ごしらえ作業をすでに大方終わらせていて、仕上げ作業の仕事中に倒れたようだった。亡くなった原因は、心筋梗塞のようだった。

寒椿や冬桜が、倒した草木を集積するための支え木として残されており、赤と白色の花を咲かせていた。私は、ウッシーさんの置き土産のように、残し木として立っている樹木から綺麗な花が咲き、枝葉が微かに揺れているのを見て、彼が歌っているように感じた。

「後の作業はまかしてね！」と私は心の中で叫んでいた。


それから数日後、私はウッシーさんが亡くなった山の植林をするために、山に入った。その日は、ピリピリと小雨が降っていた。

その日の昼食時、私は輝子と話したくなり、メールを送った。

「DEAR輝子、森林整備の作業は続けてますか？　自分も育林の仕事をしていこうと決めました。

自分の意識の中で起こった直樹との出会いや、輝子から送られてきたメールを読んだことで、自らを蔑み隠して押し殺していた感情や考え方を認めてくれ、前へ進む気持ちにさせてくれる人が一人でもいると気づけたことで、うじうじしていた気持ちが消え、自分も花を咲かせたいんだ、と強く思えるようになったんだ。いや、花を咲かせたいという弱い気持ちよりも、大砲を打ちたいんだ、という強い気持ちが湧き上がっています。

自分も男らしくなってきたように思います。男らしさも持っていないと、戦ってはいけないよね。だから、このメールも一人称を私ではなく、自分と書いてみました。けれども、女っぽい自分を否定する気持ちはなくしていこう、と思っているわけではなく、両方とも私なんだって！　そして、もっと成長していこう、と宣言します。矛盾した自分を、勇気を持って明るく主張し、そして自分と同じ感じ方や考え方を持った人達と交流していきたいけれども、このような考え方は誰にでも受け入れられるわけではないかもしれない。でも欲張りな生き方だ、二兎追うものは一兎も得ずだ、と言われても、輝子がいる限り、共感してくれる人が一人でも多く出てくると信じて、戦っていく勇気が出てきます。どんなに生きづらくても、白い菊の花のように、高貴な心で自分らしく生きていく勇気が湧き上がってきます。高貴な花を自分は咲かせたいんです。

お互い、応援し合いましょう。

FROM夏樹」

輝子へメールを送信すると、仕事を始める時間がきた。雨が強く降り出していた。

「雨が強くなってきたけど、仕事を続けるか？」

仕事を仕切っていた職人のリーダーが、私も含め仕事をしている人全員に、尋ねた。

「雨が降っている方が苗木が根付きやすいと思うから、自分はやりますよ」

そう、私は答えた。

「若いなっちゃんが頑張る言うんやから、儂らも頑張ろか」

職人のリーダーが言うと、皆が作業に取りかかった。

私の目からは、涙が流れ落ちていた。私の目には、ウッシーさんや直樹が見守ってくれているのが見える。私には、輝子がいる。もっと私よりも、悩んで、生きづらい生き方をしている人達もたくさんいるだろう。そう思うと、身体が震えて、とめどなく涙が流れて止まらなくなっていた。私の顔を叩く雨は、涙と混ざって大地へと落ちていった。

私は、苗木を一本、一本、植える場所へ置くと、それぞれの樹が生きようとする念いや、使命を感じ取ろうとした。ウッシーさんのように男らしくは生きられないけど、私だって花を咲かせたい。みんなそうなんだ。草木だって花を咲かせたい。それぞれの樹は、それぞれの花を咲かせたいんだ。桜のように美しく目立つ花ではなくとも。

雨の中、流れる涙を拭かず、雨に流れるままにして、私はトンガに念いをのせて大地へと振り下ろした。

完

著者プロフィール

き子 草花（きこ くさばな）
1964年4月生まれ。
兵庫県出身。
履正社高等学校卒業。
以前は大工をしていたが、現在は林業、造園等の作業をしている。
京都府在住。

すべての木は花を咲かせたい

2025年４月15日　初版第１刷発行

著　者　き子 草花
発行者　瓜谷 綱延
発行所　株式会社文芸社
〒160-0022　東京都新宿区新宿1－10－1
電話　03-5369-3060（代表）
03-5369-2299（販売）

印刷所　株式会社エーヴィスシステムズ

ISBN978-4-286-26224-6